Eres realmente una muy buena amiga

Laura Liliom
ILUSTRADO POR Lilit Vagharshyan

AMSTERDAM   BUDAPEST   NEW YORK

Ésta es una publicación del proyecto Rincón de Lectura de la
Asociación Internacional Step By Step [Paso A Paso]
Keizersgracht 62-64
1015 CS Amsterdam
Países Bajos
www.issa.nl

INTERNATIONAL
STEP by STEP
ASSOCIATION

ISBN 978-1-931854-60-3

PRINTED IN U.S.A

A mis amigos
Laura Liliom

La Asociación Internacional Step By Step (ISSA) promueve
la calidad en el cuidado y la educación de todos los niños, basado
en los valores democráticos, un enfoque centrado en los niños, la
participación activa de padres y la comunidad, y el compromiso
con la diversidad y la inclusión. ISSA plasma su misión a través de
la información, educación y promoción de aquellos individuos que
influyen en las vidas de los niños. ISSA aboga por políticas efectivas;
desarrolla estándares; impulsa la investigación y las prácticas que
recomienda la evidencia que estas arrojan; provee oportunidades para
desarrollo profesional y fortalece alianzas globales.
Para mayor información, visite nuestro website: www.issa.nl

Ya no vives más en aquella casa color amarillo claro de enfrente. Tu familia se mudó en un triste y lluvioso domingo de otoño.

Ahora vives en otro continente pero yo sé que sigues siendo un verdadera amiga.

Cuando te llamo por teléfono y te das cuenta de que soy yo tu cara brilla.

Cuando recibes una carta mía, la guardas en tu bolsillo y esperas una tarde tranquila para leerla.

Lees mi carta por lo menos tres veces.

En Navidad también siempre
piensas en mí sin importar cuán
lejos estemos la una de la otra.

Cuando escuchas alguna noticia
triste sobre mi país, esperas que
nada malo me haya sucedido.

Cuando tu mamá llevó a tu casa el gatito nuevo y te preguntó cómo te gustaría llamarlo, elegiste mi nombre.

Y quisiste que el gatito durmiera en tu cuarto todas las noches.

Siempre puedo contar contigo.

Cada vez que voy a la biblioteca,
elijo libros que hablen del país
en que estás viviendo ahora.

Me encanta mirar las fotos de los
lugares que has visto, de las montañas
que te gustan, y de los animales
que andan por tus bosques.

Cuando mi mamá me deja elegir la
torta que me hará para mi cumpleaños,
elijo un pastel de manzanas con seis
agujeros arriba, porque a ti te encanta.

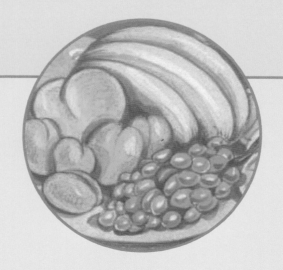

Pienso en ti cuando llueve.

Cada vez que hago un dibujo de mi
familia, tu siempre estás ahí con nosotros.

Tu también siempre puedes
contar conmigo.

Cuando mi alcancía esté llena, compraré
un pasaje para ir a tu ciudad.

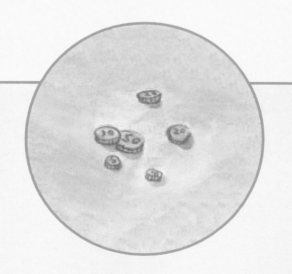

Llevaré conmigo, por lo
menos, seis globos,

y te visitaré,

mi querida amiga.

Made in the USA